Horst Tomayer

German Poems

konkret texte 73

KVV **konkret**, Hamburg 2018
Titelmotiv: Ernst Kahl
Lektorat: Mira Landwehr
Satz: Niki Bong
Druck: Beltz Bad Langensalza
ISBN 978-3-930786-84-8

Horst Tomayer

German Poems

Mit Zeichnungen von
Ernst Kahl

Inhalt

Intressant

Unlängst in Zeitungs Kulturtheil
Las ich ein slowenischs Gedicht
Des Kollegen Slowo Wenja
(Alle beide kannte ich nicht)

Das Gedicht war keins über die Flora
Und auch die Fauna kam kaum drin vor
Und es paßte weder ins tragische
Noch ins Humorressort

Es entbehrte der Benörglung des Wetters
Und der Reflektion des Generationskonflikts
Der Hinterfragung der Pläne Gottes
Und des Beförderungserschleichungsdelikts

Es ignorierte auch die Frage
Ob Deckung erlaubt sei vor Sicht
Es war bei Lichte gelesen
Ein endogen slowenischs Gedicht

Es bezog sich praktisch auf niemand
Und auch jemand fand nicht statt
Und unerwähnt blieben Währung
Und Fluß und Land und Stadt

Nie werde ich vergessen
Slowo Wenjas slowenischs Gedicht
Und sein massives Verzichten
Auf Bedeutungsübergewicht

Pour Adelaide

Zum Weltfrauentag am 8. März

Ihr Herren von Fabriken
Und Bank und Berg und Tal
Mit ungeheuer dicken
Brieftaschen und Genicken
Und Antikien ohne Zahl

Ihr Mächtigen und Reichen
Euch geht es suuupergut
Euer Schritt geht über Leichen
Um noch mehr zu erreichen
An euern Schuhn pappt Blut

Habt ihr der Transaktion froh
Die tägliche Million
Bugsiert aufs Nummernkonto
In Zürich und Toronto
Der Konkurrenz zum Hohn

Dann laßt ihr Puppen tanzen
Und die sind jung und nackt
An den Strippen der Finanzen
Laßt ihr die Puppen tanzen
Vor euch Gott seis geklagt

In euern marmorn Villen
Müssen sie zu Willen sein
Euch räubrischen Bazillen
Randvoll mit Aufputschpillen
Dein Name Mensch sei Schwein

Die Puppen diese armen
Müssen drehn sich nackt im Kreis
Ihr kennt da kein Erbarmen
Denn gekauft habt ihr die Gendarmen
Wie jeder der Ahnung hat weiß

Oft ertrinkt so eine Kleine
Im schaumweingefüllten Pool
Es versagten ihr die Beine
Beim Tanz doch euch ihr Schweine
Schert dies + - 0

So laßt ihr die Puppen tanzen
Splitternackt und ohne Trikot
Und ihr wähnt mit euern Finanzen
Und euern Arroganzen
Ginge dies ewig so

Doch einst ihr rohen Buben
Ist Schluß mit lustig und aus
Denn dann kommen die Mütter der Puppen
Und spucken euch in die Suppen
Und führen die Puppen nachhaus

Vorher aber verdreschen
Sie euch mit dem Paraplui
Und besprayen eure feschen
Kühlerbesternten Kaleschen
Mit dem vernichtenden Schriftzug
»Pfui!«

Harald Schmidt und andern hinter die Ohren geschrieben

Von außen die Versuchung
Von innen her der Trieb
Und plötzlich haben zwei sich
Auf einmal nimmer lieb

Man hat sich abgeschrieben
Und ist sich nichts mehr wert
Wie in dem Fall von Hillu
Beziehungsweise Gerd

Der Gerd ist fortgegangen
Die Hillu blieb allein
Nur Schlachterhundgemütern
Taugt dies für Witzelein

Sie pressen ihre Scherze
Aus andrer Leute Leid
Doch eines nahen Tags schon
Hat sichs mit heitrer Keit

Denn dann geht ihre Kiste
Und zwar kraischend aus dem Leim
Und Bittermandolinen
Singen ihnen heim

Feig stürzen sie zur Erde
Und flehn das Schicksal an
Gib mir mein Mädl wieder
Bezugsweis meinen Mann

Doch das Schicksal hat ein Gedächtnis
Wie der indische Elefant
Und stellt die einst spottenden Drosseln
Nun an die eigene Wand

Und da stehn sie dann selber leidend
Und beworfen mit Hohn & Spott
Von anderen Schicksalstrotteln
Und weinen und winseln zu Gott

Aber hallo

Axt anlegen an Bildersucht: Jetzt!

Zur Frage der Mitschuld am Tode Mister Dodis und Lady Dianas

Gehetzt von Paparazzi
Starben Dodi und Lady Dei
Doch es waren bei dieser Hetzjagd
Wir alle mit dabei

Wir alle die Blätter kaufen
Mit den intimen snapshots darin
Vom Kaufhausbesitzersbuben
Und der Exschwiegertochter der Queen

Wir haben sie mit auf dem Gewissen
Denn wir haben sie mit gejagt
Durch unser Verhalten blieb Dodis
Und Deis Liebe unbetagt

Dei und Dodi könnten noch leben
Ohne unsre schäbige Gier
Nach Bildern vom fickenden Yeti
Oder vom Papst hackevoll am Klavier

Nach Bildern vom koksenden Kanzler
Oder von der Astronautin wie sie pißt
Oder am besten von unserem Heiland
Wie er einen Jünger untenrum küßt

Wir sind die wahren Paparazzi
We shot Dodi and Lady Dei
Doch gegen uns ermittelt am Tatort
Namens Kiosk keinerlei Polizei

Wir haben ein Liebespaar getötet
Durch unsere Bildersucht
So laßt uns jetzt in uns gehen
Mit herzenserwärmter Wucht

Laßt uns ad hoc beschließen
In feierlichem Akt
Daß uns die Sucht nach Bildern
Ab dato nicht mehr packt

Hinein mit unserm Gebrechen
Ins Purgatorium
Und sich darin geläutert
Vom Paparazzibildkonsum

Laßt uns durch gründliche Einsicht
Und den Mut zur Disziplin
Das Bildrauschgift entziehen
Bis hin zum reinen Clean

Wir brauchen doch keine Bilder
Vom offnen Prinzessinmund
Und wie der Kaufhausbesitzersbube
Royal slips geht auf den Grund

Wir brauchen doch keine Bilder
Wie cock Dodi chicken Dei
At morning after first penetration
Puts a diamond breakfast Ei

Auch wir kämpfen Lady Dei like
Gegen Landminen und gegen Aids
Wenn auch nicht bei Störei und Schampus
Und zu den Klängen des Bolschoiballetts

Wir phögeln selber aufs feinste[1]
Und verschenken wie irre Schmuck[2]
Und sind auch sonst in manchem[3]
Frau und manns genügt[4]

Ja wir sind unsre eigenen Bilder
Schön wie des HErrn erster Tag
Und wir brauchen keine Gemütsvorlagen
Aus dem kalten Bauer Verlag

1 isn't it!!

2 Goldkettchen »Seminaris« (Tchibo Versand, DM 39,95)

*3 DomRep, 10 Tage, Hotel Condor (*** HP), ab HH, DM 1.199,–*

4 Festzinssparen SpardaBank München, 15 Monate, 4,25 %

Reflexion Römisch Eins im Russischen Dampfbad

Manchmal am Rand der Verzweiflung
Fragen wir uns ins Gesicht
Sind wir Tier oder sind wir Maschine
Oder Mensch denn wir wissen es nicht

Wir haben was vom Menschenaffen
Der auf Order Faxen macht
Und wir haben was vom Preßlufthammer
Der die Kohle bricht im Schacht

Wir haben was von der Bildschirmfliege
Vernarrt in Fernsehschiet
Und wir haben was von der Bruckner-Orgel
Und vom Schlachterhundgemüth

Wir haben was vom Notarztwagen
Und wir haben was vom Vampyr
Wir haben was vom Lama des Dalai
Und vom PC des König Lear

Wir haben was von der Tüpfelhyäne
Und wir haben was vom Bonhomme
Von einem Herd von Bakterien
Und von der Reinheit einer nackten CD ROM

Wir haben was von der Liebesbrieftaube
Und was von der Drachensaat
Wir haben was vom Marschflugkörper
Und vom Verwaltungsapparat

Kein Tier nicht und keine Maschine
Weder göttlich noch gering
Sind wir vergleichbar der Lerche
In der Voliere von Sing-Sing

Ach wir sind zwischen Tür und Angel
Respektive zwischen Engel und Tier
Und können existenzpolitisch
Weder raus da noch was dafür

Aber ist dieses unser Schicksal
Wirklich nur befristeter Frust
Ach was meine Damen und Herren
Hier wird nicht verzweifeln gemußt

Wies ist oder kommt wirds genommen
Da wird nicht groß Wind gemacht
Da kommt nur die Alternative
In näheren Betracht:

Entweder wir gehen dem Gspusi anne Wäsche
Oder dem Kühlschrank ans Bier
Mitten im Taifun der Frage
Ob wir Maschine sind Mensch oder Tier

Kurt Mattenklott dreht durch und gewinnt Land

In Sonntags trüber Frühe
Sieht am Ufer der Ruhr man stehn
Kurt Mattenklott den Stürmer
Von Wattenscheid Nullzehn

Wie in Absence so hält er
In die Fluten der Angel Schnur
Und sein trauriges Antlitz konterfeit sich
Im fließenden Spiegel der Ruhr

Und wie er so schaut so versunken
Da taucht in ihm auf das Bild
Wie der Keeper von Eintracht Bochum
Ihm den Ausgleich gestern getilt

Es war beim fünfzigsten Derby
Und Bochum lag Eins zu Null vorn
Aber Wattenscheid stürmte stürmisch
Stürmischer als wie Kap Hoorn

Und es kam die Flanke geflogen
Von rechts Sekunden vor Schluß
Und Kurt stieg hoch wie Alexanders
Renommierroß Buzephalus

Doch anstatt daß er das Leder
In die lange Ecke versenkt
Köpft er es dem Bochumer Keeper
In die Arme unbedrängt

Der Torschrei der Wattenscheider
Im Lohrheidestadion
Schlug um noch auf den Lippen
In ein Wetter aus Spott und Hohn

Grad noch Niederlageerlöser
Eben noch Ausgleichsgott
Hagelte es nun Verdammnis
Aufs Haupt von Kurt Mattenklott

Mattenklott du Hotten
Tott schrie das Fankollektiv
Und es brannten Wattenscheids Fahnen
Und die Sitzkissen flogen tief

Und wie Kurt vor Scham wollt sinken
In den Rasen alias Grab
Hatte Bochum die Punkte im Sack ej
Und der Schiri pfiff Wattenscheid ab

So steht mit der Samstagswunde
Kurt des Sonntags am Ufer der Ruhr
Und er holt mit der Rolle der Rute
Immer wieder ein die Schnur

Und immer wieder kommt die Flanke
Und immer wieder trifft er schlecht
Und immer wieder kehrt der Haken
Und dran hängt kein Salm und kein Hecht

Kurt ist scheints fix und foxi
Infolge Punktverlust
Da entrümpelt er kräftig ventilierend
Vom Vaevictodruck seine Brust

Und er schmeißt in des Flusses Fluten
Fluchend das Fischfanggerät
Und er schreit als ob man ihm ohne
Betäubung das Kreuzband nähn tät

Und er schreit als wie der zur Laterne
Geführte Aristokrat
Und er schreit als wie der Bluter
Den man geschnitten hat

Und er schreit wie das Zahnarztvermögen
Wenn ihm sich der Fiskus naht
Und er schreit wie der als Mörder
Mißverstandne Soldat

Und er schreit man möge im Arsch ihn
Lecken mit all dem Scheiß
Dem Eckfahnentanz nach dem Torschuß
Und dem Kniefall vorm Platzverweis

Unterhachings Gang an die Börse
Und »Hals« Hoeneß' Trikotagenboutique
Und dem robusten Cash before looking
Der Termine der Championsleague

Dem mordsintressanten Dispute
In Ranz und Ranzissimo
Ob Berija von Stogram Kiew
Rübermacht zu Rotspon Bordeaux

Und den Bauunternehmerfressen
In den Logen vom Stadion
Und des Kaisers Jagutgestammel
Und König Ottos Edelsermon

Und den nach Schals getrennten Trunknen
Hinter Werbung und Eisenzaun
Und den haushaltsgeldmindrungsbedingten
Zähm der Abstiegsclubspielerfraun

Mit all diesem dröhnenden Dünnpfiff
Mit all diesem schäumenden Scheiß
Könne man ihm Kurt Matten
Klott künftig und zwar kreuzweis

Und Kurt Mattenklott läßt den Unfug
Und wendet Wesentlichem sich zu
Denn er weiß nun: Der Sinn des Lebens
Steckt nicht im Fußballschuh

Tomayers Kleine Fahrraddiebhalsgerichtsordnung

Daß die Welt dem unschuldigen Nichts nichts anderes ist denn tödliche Arznei

Wer vermöchte hievon vernehmlicher zu künden denn der seit Aufdieplätzeachtungfertiglos in den Schluchten des Universums sich au wei

Die Beine brechende Schmerzensschrei

Von den Myriaden

Schande über Schande auf die Zinnen des Mount Shameless häufenden Taten

Aber ist das schändlichste Verbrechen in Zeit und Raum

Die widerrechtliche Fortnahme fremden Fahrrads von Kandelaber, Brückengeländer, Fahrradständer, Hauswand und Baum

Ja, das schändlichste Verbrechen
Ist das Fahrradschloßaufbrechen

Ja, schlimmer als Kleinkinderficken, Robbenbabyentkleiden oder Hostienbespein

Ist das Fahrradeigentümer/Fahrrad-Entzwein

Ja, gemeiner denn der tückische Schlachter an der ahnungslosen Sau
Handelt am Fahrradeigner der Fahrradklau

Heilig Heilig Heilig ist das Eigentum am Fahrrad, jedoch der Fahrraddieb
Pißt, scheißt und kotzt aufs Sakrament, welches da heißt: Nimms nicht! Hab deinen Menschenbruder namens Fahrradeigner lieb!

Ja, Heilig Heilig Heilig ist das Eigentum an diesem köstlichen Gerät
Doch grausamer als aller Kains und aller Neros aller Zeiten ist des Fahrraddiebes Bestialität

Es war der Fahrradeigner vor der Tat
Ja so unendlich glücklich mit seim Rad
Ein süß lackiertes Ding mit dem (drei Blätter vorn, acht Ritzel hinten) er in Gänge kam
Und das ihn selbstlos mit in Licht und Luft und Landschaft nahm

Er hatte sie vom Mund sich abgespart
Und stantepede nach der Probefahrt mit ihr gepaart

Sie trug ihn seither hoch den Harz, hinab die Rhön, durchs Altmühltal, den Elbdeichkamm entlang
Sie trug ihn (kleine Stadtfahrt) hin zu Kino, Disco, Tennisplatz, Staatsbücherei und Fastfoodrestaurang

Sie trotzte Scherben, Nägeln, Streusalz, Splitt
Hielt an die Luft, gehorchte schnurrend jeder Schaltung, tapfer jedem Tritt

Er dankte ihrs mit trocknem Unterstand, korrektem Pneudruck und manch Extraschmätzchen Öl
Da kam der Fahrraddieb und nahm ihm das Juwel

Von weitem schon gewahrte er — das Schloß? Geschändet.
Und weg? Sie!
Da brach der Fahrradeigner wie von Tamerlans geschlossner Hand gefällt ins Knie

Dieb! Ausgeburt! Du stürztest deinen Menschenbruder namens Fahrradeigner in marianengrabentiefes Leid?
So sei, du krumme Kreatur, von nun in alle Ewigkeit vermaledeit

Und wisse nun: Die Tage sind gezählt und bald schon schlägt die Stund
Hund, dir, fällst in die Häscherhände du dem Fahrraddiebstahlsrachebund

Bist du, du Dreck des Drecks, vor dem der Dreck vor Schreck die Augen schließt, erwischt, winkt dir der Untat Lohn
Und eine Mutter zückt das Zellstofftuch, um reinzuweinen in dasselbe im Zusammenhang mit dir, dem toten Sohn

Bist du ertappt, so bist du, Schande, dran
Und es klagt maghrebinisch laut ein Weib um seinen toten Mann
Bist du, vor dem sich ekeln Blutsturz, Raucherbein, Geschwür
Gestellt, so sei gewiß, es kräht kein Wienerwaldhuhn mehr nach dir

Bist du sistiert, so hoff auf Gnade nicht
Denn weder Recht noch Gnade, Rache nur, macht Sinn beim
Raddiebhalsgericht

Soo aber, Raddieb, wirds geschehn
Und es wird Schauder sein und nicht sein schön

Raddiebscharfrichter, wird es heißen, walte deines Amts
Und nimm sein Leben stückweis ihm, sein durch die Tat verdammts

Ist sein Verbrechen nicht in seinem gierigen Geäug erblüht?
So sei ihm seine Optik mit auf tausend Grad erhitzten Speichen ausgeglüht

Auf die von abgrundtief gemeinen Blicken
Entleerten Höhlen pappe man zwei REMA TIP TOP Touring Fahrradflicken

Hat er die Lenkerhörner nicht mit Diebeshand gepackt?
So seien ihm die Hände fein am Pulspunkt abgehackt

Hat er, als er mit fremdem Rade flitzte, seine Arme nicht benutzt?
So seien ihm die Flügel bis zum Schlüsselbein gestutzt

Die Beine taten bei der Flucht vom Ort der Untat Dienste ihm? So, Raddiebhenkersknecht
Mach dein Gesellenstück und trenn die Haxn ab ihm eine Handbreit unter dem Gemächt

Hat er mit seinem Arsch den sakrosankten Sattel nicht geschändet?
So sei er nicht um Arm und Bein verhackstückt nur und auch nicht bloß geblendet
Man pfähle ihn, man treib des Rahmens Leichtmetallgestänge
Dem Fahrraddieb nach Art Vlad Tepechs in das After und der Därme Wendeltreppengänge
Bis daß es dem Gestänge von des Fahrraddiebes Innereien graut
Und es erleichtert aus dem Maul des Fahrraddiebes schaut

Nun, Raddiebscharfrichter, mach des Bestohlnen Rache satt
Und flicht zuguterletzt den Torso auf das Rad

Und pflanz das Rad hoch auf die Raddiebschandestange
Am Radwegrand, und laß das Fahrraddiebaas nur den Fahrraddiebaasgeiern unterm Himmel lange

Und da ist keiner, Raddieb, der für dich um Gnade fleht
Und es begleitet dich ins Nichts die letzte Ölung nicht noch ein Gebet!

Mein Freund im Alter

In tiefstem körperlichen Frieden
Von Herz- und Hirnattacken frei
Und mit als wie von Stauferfett geschmierten Knie- und Hüftgelenken
Ergreife ich schon heut fürs wie das Amen im Gebete Kommende Partei

Mein Kamerad, der Körper, wird nicht immer spuren
Wie jedes Material gehorcht auch er dem nicht lang fackelnden Verschleiß
Selbst ein in Siegfriedsguterhoffnungshüttenstahl gebadeter wie Paul von Hinden
Burgs Körper wurde schließlich mürbe wie man weiß

Es kommt der Tag, da sagt der Körper
Dem wie vom unerwarteten Besuch der Schwiegermutter oder des Gerichtsvollziehers überraschten Geist
Ich kann nicht mehr wie früher, Freund, ich hoffe
Daß du mir meine hiemit eingetretne Schwerbeschädigtheit verzeihst

Schlimm dies, wohl wahr! Doch ich? Bin eingerichtet
Der Horror trifft mich nicht als wie der Blitz
Aus wolkenlosem Himmel wenn ich eines Morgens
Nicht hoch mehr kommend auf dem Abtritt sitz

Warum? Ich steck von jeder Honoraranweisung
Die meine Endreimproduktion begütigend betrifft
Seit vielen Jahren schon in Sparschweins Rückenschlitz, mich selbst also auf weise Art bezehntend
Fünf Mark für meinen »Lifta« Treppenlift

Der »Lifta« Treppenlift, er soll mich tragen
In Zeiten ruinierten Körperbaus
Wie eine Sänfte aus Arabiens Märchen leise summend
Mit seinem 1-PS-Elektromotor durchs allein von mir bewohnte Einfamilienhaus

Der »Lifta« Treppenlift, nach TÜV-Vorschrift geklinkt in das Geländer, soll mich tragen
Mit knapp 1 kmh hinauf zum Schopenhauerandachtswinkel und zur Sternenluke unterm Dach
Und in den Keller mit der Marx-und-Engels-Hausbar
Wo ich, beim Schlehenschnaps, den Dialog mit den Gelegenheiten meiner Jugend, den verpaßten, nochmal, ein letztes Mal, entfach
Wer freilich seine ganze Barschaft Zeit des Lebens
In die Bordelle trägt, vertrinkt, ja gar verkifft
Dem hilft im Alter, wenn er mit dem Arsche nicht mehr hochkommt
Kein »Lifta« Treppenlift

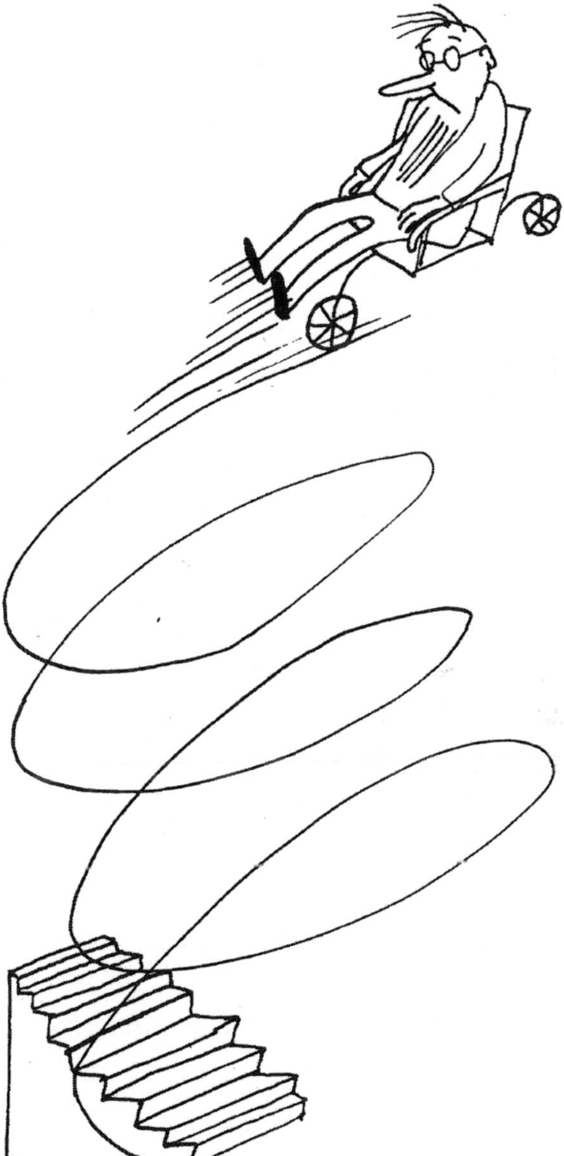

St. Valentinstag

Für die 7. Klasse der Gesamtschule
Leistungskurs Sozialkunde II[1]

Zu Kaiser McRaffzahn von Samarkand
Das ist der der den Handkantenschlag erfand

Schleiften die Häscher Bruder Valentin
Und zwar in Ketten sowie auf Knien

Was hör ich schrie McRaffzahn wuschelig vor Wut
Du gibst hin all dein Hab und schenkst her all dein Gut

Ja du xfach verfluchter Tunichtgut
Ja weißt du denn nicht daß man so was nicht tut

Ja kennst du denn nicht McRaffzahns Gebot
Das jedermann mit dem Tode bedroht

Der anstatt zu raffen alles verschenkt
Sprich willst du gesteinigt wern oder ertränkt

Da sprach Bruder Valentin zum Despot
Ich kenn Herr Despot wohl euer Gebot

Doch wie ihr mich auch mit dem Tode bedroht
Der Konversion zum Raffen zieh ich vor den Tod

Denn ich habe nun mal Herr Despot verzeiht
All mein Leben dem Verschenken geweiht

Doch gewährt ihr mir noch eine Gnade auf Erden
So bäte ich ums Gesteinigtwerden

Denn da ist das Malheur in meiner Biographie
Ich leide an chronischer Wasserallergie

Und Kaiser McRaffzahn von Samarkand
Gab den Häschern ein Zeichen mit der Hand

Und sie stellten Bruder Valentin an die Wand
Und bewarfen ihn soo lang bis sein Atem entschwand

Ins Land gingen Tage Wochen Epochen
Dann wurde Bruder Valentin heiliggesprochen

Als Schirmherr aller die gern was verschenken
Weil sie statt nur an sich an andere denken

Vorbei sind die Tage der Despotie
Wir leben heute in einer -e-o-a-ie
Heute wird staatsseits uneingeschränkt
Hingegeben und hergeschenkt

Heut schenkt der Hänsel der Gretel
Vier Wochen Bad Zwischenahn
Und die Gretel schenkt dem Hänsel
Eine Gliedstütze aus Titan

Heut schenkt die Hure dem Loddel
Den Erlös aus dem Verleasen des Geschlechts
Und der Loddel schenkt der Hure
Eine links ein und eine rechts

Des Horizontes silbernen Streifen
Schenkt die Karola heut dem Kurt
Und der Kurt schenkt der Karola
Einen Gutschein für Wiedergeburt

Und so flutscht das Geschenkeverschenken
Wie gesalbt mit Biberschwanzfett
Sowohl von B bis Y
Wie auch von A bis Z

Doch man vergesse nie beim Vollzug des Verschenkens:
Wir litten heute noch unter McRaffzahns entsprechendem Verbot
Hätte Bruder Valentin das Recht auf Verschenken nicht ein gutes Stück weit mit erstritten
Durch seinen astreinen Märtyrertod

1 Bestimme im Atlas die Lage von Samarkand und Bad Zwischenahn!
Erkläre Konversion, Despotie, Wiedergeburt, Malheur!
Komplettiere -e-o-a-ie!
Nenne die chemische Formel des Biberschwanzfettes!
Ergänze die Interpunktion!
Führe den Handkantenschlag vor!

SOS Fellatio

99,7 per Cent der vom UNESCO
Department for sexual behavior befragten
Männer in der Bundesrepublik
Deutschland gaben, lese ich dieser Tage im
Wissenschaftsteil der »FAZ«, kund

Sie seien bei ihrer Partnerin regelmäßig
cunnilingusaktiv, während 98,4 per Cent
der BefragtInnen erklärten, sie nähmen
ihn nie in den Mund

Ich sage: Mir sind die Geschlechter und ihr
Gebaren ja wurscht, wurschter noch wie
Parkplatznot oder ein wie immer
zusammengestoppelter Gott

Und doch rührt mein menschliches Herz
die große Ungerechtigkeit zwischen der
einen Nießnutz und der andern Not

Die sitzen doch beide, denke ich mir, im
gemeinsamen geschlechtlichen Pott

Warum nur, o warum nur schlecken die
einen tapfer die kolibriflügelflinke Zunge
sich wund und die andern weigern den
deep throat

Okay, das Glied schmeckt nicht selten nach
Ellenbogen oder Lineal oder kaltem
Gänseklein

Aber Madame Ehüm duftet ja auch nicht
immer wie ein hochsommerlicher
Himbeerhain

Wie gesagt: Mir ist das ganze Geschlecht-
liche ja wurscht, aber als an
Befriedigungsschieflagen kritisch
Interessierter wage ich zu profezeihn:

Ändert sich da nicht ganz rasch was, dann
wird, noch vor das III. Jahrtausend
angebrochen ist, die Fellatio in
Deutschland wie der Vogel Dronte oder
die Vollbeschäftigung ausgestorben sein

Rettet die ARD

Als Kohl, Stoiber und Biedenkopf einmal die ARD zu liquidieren trachteten

Du, Domina, die du den Oberstaatsanwalt pamperst (oder striemst du zur Stunde den sich im Schutz für das ungeborene Leben verzehrenden MdB?), laß die Windel fallen

Und du, Frau an der Wursttheke des Supermarkts mit von tausenden Stunden Stehn vom Stützstrumpf nur halbwegs gebändigtem Wasser in den Beinen, lege den Ring Fleischwurst aus der Hand

Du, Miß Germany, unterbrich dein Lächeln

Du, IG Metaller, unterbrich deinen Streik

Du, Frau in der Bank, schließe den Schalter
Zeuge Jehovas, hörma kurz auf mit deim Scheiß

Und du, Controlleur der EG-Milchquote, dito
Unterbrich, Kuttenprunzer, die heilige Wandlung
Halt inne, Witwe, beim Betüteln der Immortellen auf dem Grab deines Verblichnen

Und du, Braut, halt inne beim Auswurf des Ja-Worts

Schauspieler – von der Bühne!

Pförtner – aus der Loge!

Bergführer – aus der Wand!

Streckengeher – vom Gleis!

Lebensmüde – zurück vom Sims!

Du, Fixerin, setze die aufgezogene Spritze ab

Und du, Zeitschriftendrücker, nimm den Finger von der Klingel

Laß die Sau Sau sein für einen Augenblick, Metzger

Und du, Philosoph, mach mal Pause bei deiner wenn auch nagelneuen Interpretation der Welt

Hau den Stachel rein, Frau am Steuer des Busses der Hamburger Linie 102 (Niendorf/Grindel/Hauptbahnhof), halt an

Und du, Ammerseerenkenfischerin, laß löchriges Netz und Nadel und Faden und Stopfei sinken

Weg mit dem Joystick, Junge ohne Mundharmonika!
Und du, Mädchen mit der Zahnspange, runter mit dem Walkman!

Unterbrich deinen Rundgang, nächtlicher Wächter im Hangar der Maschinen für Mahd und Drusch

Und ihr, tapfer in Fasenachtskapellen Dienst Schiebende – setzt aus den Tusch!

Aggressionsbegrübler und Batikerin, Collagist und Dechant, Ehestifterin und Frittenschnitzelmaschinist, Granulatabpakker und Hüttenkäserin, Imbißbudiker und Jagdgehilfe, Küsterin, Landfrau und Manndecker, Notar und Organist, Pedikeuse und Quallenschützer, Rezensent und Schmelzwasserschadenregulierer, Tenor und Urologe, Vivisekteur und Walzwerker, Xantener Stadtkämmerer, Yuppie und ZooOloge

Laßt, zum Wohl aller rackernde Söhne und Töchter des Universums deutscher Nation, die ihr noch nicht tot seid, alles liegen und stehen und tretet vor und empfangt die furchtbare Nachricht:

Sie wollen die ARD ermorden! Die informierende, die belehrende, die unterhaltende, die die Herzensbildung fördernde: Eure ARD! Schon haben sie die Axt angelegt, die Mordwütigen, an den Bericht aus Bonn, der ihr Desinteresse an einem Mehr an lebenswertem Leben bei steigenden Löhnen, Stütze und SozHi, stagnierenden Mieten und sinkenden Preisen in waffenwenigerem Frieden und fröhlicherer Freiheit oh so oft doch und so rücksichtslos gründlich kritisierte

Schon haben sie die Falle aufgestellt für die dem virtuellen Plunder abgewandte Sendung mit der Maus

Schon haben sie das Gift gemischt für den Becher, den Michael Schanze dem Traumpaar am Flitterabend reicht

Zu vernichten trachten sie Monitor, das mutige Magazin, das euch im Kabeljau den Spulwurm wies

Versenken wollen sie Käpt'n Blaubär und seine Besatzung

Und klatschen wollen sie Fliege, den Nachmittagspfaffen, den im Puff der verwesenden Seelen mit der Zunge schnalzenden

Ermorden wollen sie die ARD, die große Grundversorgerin des menschlichen Anlitzes

Und wo sie verscharrt sein soll, da soll aufgehen eine Saat, also wissense, also wissense nee, also wissense, also wissense nee...

Deshalb, Vorerwähnte: Stoppt die Mörder an der ARD!

Schlagt ihnen Axt und Gift und Falle aus der Hand!

Gleich!

Jetzt!

Rettet Eure ARD!

’s ist Mitternacht, Mutter![1]

Mutter, ich muß noch aufbleiben
Mutter, ich brauch noch ein Bier
Mutter, ich muß noch dichten
Mutter, don’t me blockier

Mutter, du bist im Himmel, doch magisch
Steckst du noch ein ganz schönes Stückweit in mir
Ja: In mir dröhnt noch dein von hochgezogener Braue
 überdachtes Satzpaar:
»Licht aus, Horstl«, und »Schluß jetzt mit Bier«

Mutter, ich weiß, ich entschlüpfte
Einer der zärtlichsten Tragetaschen der Menschheit – dir
Und ich bin ja auch hiefür dankbar und dennoch
Ich will dir nicht länger gehorchen, sondern aufbleiben
 und Bier

Mutter, gestatte, daß ich
Das mit dem Arbeitsakt des Austragens verbundene
 Wunder des Lebens a wengerl demystifizier
In Wer/Wen-Gedichten, die ich schreibe, während
Dem Aufbleiben und dem Bier

Siehe, Mutter, du warst Proletarierin und ich bin Proletarier
Und so eint uns nicht lediglich das Wunder des Lebens,
sondern daß wir nie Stammkunde waren beim Juwelier
Und darum, Mutter, laß mich, unsre gemeinsame Sache
dichtend verfechtend
Aufbleiben bei noch einem Bier

1 Für Gottfried (»Big«) Benn war die Mutter eine sich nicht schließende Stirnwunde (o. s. ä.). Cary Grant sagt in Hitchcocks »Der unsichtbare Dritte« zu Sergeant Orfeus Klinger (auf dem ihn vor James Masons KGB-gäng rettenden Polizeirevier, nachdem er mit seiner Megamutter telephoniert hat): »Das war – Mutter!!« Mütter sind nicht nur ein weites Feld, Mütter sind die *Weltmacht.*

Eine Cohiba klagt

Ich bin eine Cohiba
Ich bin jung und rund
und ich schiebe Dienst, ich, von Kubas
Proletariat handgewickelte Hure
In des Konquistadores Urenkel Mund

O wie ich mich ekle
Wenn er mich einführt
In seinen vom Zerkaun der Kolonien
blutigen Mund

O wie ich ihn verbrennen möchte
den Hund

Doch ich brenne am falschen Ende
Und es labt sich an meinem Verbrennen der Hund
Und ich und mein Zorn verbrennen
Eine Handbreit vor seinem Mund

Doch eines Tages wird sich die Chose wenden
Frei ist dann der Nuckl und die Glut
ist in seinem Mund.
Und ich verbrenne ihm die Höhle des Mundes bis hinunter zu der Stimme Bänder
Daß er seinen Schmerz nicht hinauszuschrein vermag der Hund

Verfaßt von Juan Carlos Barranco (1949–1989), erschienen in »Rauch und Feuer«, Verlag Caracho, San Salvador de Cuba, 1968; übersetzt von Horst Tomayer

Tausend menschliche Marotten (Folge 537: Das Gummibärchenfressen)

Muttermord, Sozialdemokratie, Gott anrufen und den Pariser Meter nachmessen
Auf all diese Verirrungen des menschenmöglichen Geistes fällt mein nachsichtsfähiges Auge; aber eines wird mir suspekt bleiben wie das Leben nach dem Tod – das Gummibärchenfressen

Was sind das bloß für Haubentaucher, denke ich, in der Erregungskombination aus a) erschüttert,
b) verbittert

Die sind doch, wenn auch über paar Ecken, mit so lange Schatten werfenden Lichtgestalten wie Louis de Funès und Herakles und Mutter Beimlein mit dem Holzbein verwandt

Und mit Messiassen ohne Zahl und mit dem Erfinder des Reißverschlusses und mit Telekom und mit Immanuel und Hermann Kant

Die müßten doch, rein aufgrund derer beziehungsweise dessen
Mit eines Mariechen Funken guten Willens die verpflichtende Tragweite dieser Verbindung ermessen

Und sich entsprechend gerieren; aber nein, sie scheren sich den Dreck darum, sie müssen, wie verurteilt letztinstanzlich hiezu:
Gummibärchen fressen

Keine Zeit fürs Edelweißpflücken, für Tankertaufen, fürs Sichdiehaareraufen oder auch nur für das Liebedeinennächstenwiedichselberlieben

O nein. Sie wolln nur eins: Sich diesen schauderhaften Glibber manisch mang die Kiemen schieben

Sometimes, wenn ich ihnen zusehe, wie sie den von der Gummibärchenfabrik kindisch bedruckten Cellobeutel aufreißen und sich vollstopfen wie in Trance, da werde ich raasend; dann hinwiedrum gibt es Zeiten, da bin ich identisch mit auf Stelle tretender Trauer

Und ich schöpf aus tiefstem Grunde meines Seelenbrunnens Mitleid mit die Gummibärchenkauer

Und ich möchte in den Arm sie nehmen und sie führen aus
dem infantilen Graus

Und, ihren Rücken zärtlich klopfend wie den Zwanzigtau-
senddollarperserteppich, sagen ihnen: Komm, sei Mensch,
spucks aus

Weint mehr im Kino, ihr Schweine!

Oft werden wir im stockfinstern Kino
Diesem Silo der Traumfabrik
Zum Ausstoß von Thränen veranlaßt
Durch ein uns rührendes Stück

Da schockt uns ein im Kriege Versehrter
Da rührt uns ein autistisches Kind
Da erschüttert uns ein Verirrter
Im Heroin oder Absinth Labyrinth

Eine schwangere Mafiosa in Mockba
Ein schwuler Präsident der USA
Sie gehen uns wie das Schicksal
Des sprechenden Pottwals nah

Wir leiden wenn wir sie sehen
Auf der Kinoleinwand uns wund
Und geben unser menschliches Mitleid
Mit diesen Kreaturen kund

Wir treten aufs Pedal des Gemüthes
Und geben Thränengas
Und unser Herz läuft über
Und das Tempotuch wird naß

Ach warum nur dieses Gemetzel
An der menschlichen Lebensfront
Ach warum nur all dieses Leiden
Bis weit hintern Horizont

Und wir haken uns unter mit den Opfern
Im Geiste im Parkett
Und machen unser schlechtes Gewissen
Daß wir wohlauf sind auf die Art wett

Aber es giebt im Kino auch Leute
Die läßt dies alles kalt
Die haben ein lebloses Pathos
Wie ein Beamtenruhegehalt

Die fläzen wie Kaiser Nero
Als Rom brannte im Gestühl
Und entwickeln Salzletten malmend
Nicht das Jota von Mitgefühl

Wir haben nah am Wasser
Die haben auf Fels gebaut
Und wie sie so steinern schaun machen
Sie uns eine Gänsehaut

Ach am liebsten möchten wir setzen
Unsern Ellbogen in ihr Gesicht
Und sie auskunftserbittend anschrein
Warum warum weint ihr nicht

Ihr seid doch auch bloß Menschen
Wie Mottr Teresa oder Norbert Blüm
Mit einem denn doch mehr schüttern
Als wie gepanzerten Nervenkostüm

Warum seid ihr im Kino
So entsetzlich unsentimental
Warum sind eure Augen nicht wie die unsern
Ein menschlicher Wasserfall

Schluß jetzt mit keine Regung
Schluß jetzt mit versteint
Schluß jetzt damit ihr Schweine
Los jetzt wird mitgeweint

Doch wir schaffen diese Intervention nicht
Denn unsre ganze Kraft geht drauf
Sicherzustellen unsern eignen
Kinothränenverlauf

Feldpost an sie zur Zeit auf See

Mittags nach dem Bachsaibling fiir
neunzehnachtzig (inklusive gemischtem
Salat) beim E. in E. an der Windach
längs der Schienen München/Lindau
durch die duftenden Nutzfluren
des Juli
radwandernd

Denk ich an dich, Honey, welcher (in ach was fürm
Kostümchen mal wieder!)
in diesem Nu nur halt 6 Stunden ostwärts Herr
Johannsen
der Kapitän des Traumschiffs Sur Plus Azur
auf der Route Karachi – Dar es Salam –
Jakarta die Hand küßt vorm ersten Gang
des Äquatordinners

Gewiß ist die in diesem immer wieder
festlichen Konnexe aufspielende Bordkapelle
des glatten Gegenteils von einem Seelenverkäufer
nicht schlechter Eltern Kind
Und dann hat ja auch noch der Indische
Ozean seine Lieder

Ich aber Honey
lausche in diesem Nu dem Geschrei
des Weizens
des Weizens
der schreit
weil er vom Halm will
um sich zu vollenden
im Manna der sozialistischen
Realisten
im: GOLDEN TOAST

Leben bei Nacht und Nebel

Heute: In der Texthängerwand

Was ist das Phantom der Oper
Was ist das Grauen im sich öffnenden Grab
Gegen den Alp in meinem Traume
Daß ich einen Texthänger hab

Ja, ich steh im Traum auf der Bühne
Und bin mit dem Einsatz dran
Und kenn das Stück nicht und weiß nur eines
Daß ich meinen Text nicht kann

Bin ich in Schnitzlers Schweigen
Oder in Lehars König Lear
Oder bin ich in Schillers Fiasko
Oder liegt es mal wieder am Bier

Bin ich in Grillparzers Nivea
Oder in Wildenbruchs Mutter Courage
Außer Frage steht nur eines
Ich bin mit dem Text am Arsch

Ach, mein Mund ist saharasandtrocken
Und meine Hände sind waschlappennass
Und ich rolle über die Bühne
Wie ein angenageltes Faß

Grad hat jemand geendet
Mit dem Stichwort mir zugewandt
Daß ich der Handlung Fortgang
In die Hand nehme wie ein Band

Doch das Stichwort ist mir ein Messer
Und nicht Hilfe reichende Hand
Und ich gäbe gern all mein Erspartes
Für einen Notverband

Und meine Ohren sind waidwund offen
Für der MitspielerInnen Gericht
Und die rufen, antikisch-duster
Hotte, so geht das nicht

Wir gaben dir eh schon den klitze
Kleinen leicht lernbaren Part
In Klaus Dieter Wildenroths Zeitstück
Bausparn in der Gegenwart

Schreißdreizeilen gradmal und sie lauten
Wirf das Geld nicht zum Mietfenster raus
Sondern spar bei der Bausparkasse
Auf dein eigenes Haus

Scheißdreizeilen die du nicht gelernt hast
Und damit schmeißt du das schöne Stück
Und wirfst den Ruf unsrer Truppe
Um fast zahllose Jahre zurück

Und die einen zetern zornig
Und die andern säuseln süffisant
Und ich fühle mich wie der Schweinswal
Gespült an den Hofbräuhausstrand

Laut führender Traumdeutungsschule
Ist der Träumer im Traum Vollsubjekt
Das heißt er nehme sich selber
Nicht wahr vom Visavisausaspekt

Ach wie oft hab ich diese These
Bis zum Wecken falsifiziert
Denn ich bin als Texthängerträumer
Brutal tripolarisiert

Ich steh a) männleinstumm auf der Bühne
Das Antlitz schamrot beflaggt
Und sitz b) zeitgleich im Parkette
Bekleidet wie der Splitter – nackt

Und mein Ich im Parkett kann nicht beistehn
Meinem Bühnenich als Souffleur
Und mein Herz versetzt mir, c) dem Träumer
Schläge miketysonschwer

Und ich häng wie Rhino lophida
Wie Spülicht wie Taubenkot
In der nach unten offnen Blackoutwand
Ein Viergangmenu für den Spott

Und ich leide und leide und leide
Wie an der Ferse der Achill
Und wie an Tanglefoot die Fliege
In der Geschichte von Robert Musil

Doch steht dir, sehr geehrter Leser
Und dir, lieber Leserin
Nach euerm eigenen Leiden
Nicht zurecht viel mehr der sinn

Verlorst du, Renate Thraen-Seckly
Nicht grad den sicheren Listenplatz
And had given you, Bruce Willis, your girlfriend
Not just the Abschiedsschmatz

Ach, zurecht zieht ihr euer eigenes Leiden
Meinem Texthängertraumleiden vor
Eins mit Kierkegaard, der sagte: Was zählt ist
Der Schlag ins eigne Kontor

An die jungen Künstler!

Du junger Musicalman, der du
den von der Kritik euforisch gefeierten
läufigen Kater Carlo gibst in der auf der
New Yorker Catsbasisinszenierung
fußenden Catsinszenierung der
Catsdeutschland GmbH
in Duisburg

Und du, von Johann Kresnik
zum Ruhme des sozialkritischen Tanzwerks
zu eindringlichstem Ausdruck
geschundne Elevin

Du, keine einundzwanzig Lenze
zählender Textdichter bei der Werbeagentur
Pigfurth, Schweiskerrl & Partner, dem
dir das vom Deutschen Sprachschatzamt
bejubelte Stigma BORDRESTAURANT
fiiir die Boazn auf Rädern gelang

Und du am Anfang deines Weges
stehender Fotograf von Tibet und Titten
und Ärschen und Walen und Wolken und
Stränden und Fummeln und schnellen
Tassen mit Brühnudeln drin

Ihr Boygroups an den von Atomstrom
lautverstärkten Guitarren, die ihr
mit Kapaunvokalen die Höschen der Mädls
mal in Brand setzet mal unter Wasser

Du blutjunge Satisfaktionsgeologin, die
du in der Insertionsspalte der Münchner
Bildzeitung vom 22. Juni 1999 unter
Ruf 35 46 58 63 »Tiefenbohrung in
feuchter Grotte« verheißest

Und du, den Bewohnern des interkonfessionellen
Altenstiftes »Elysium« zu St. Haim an der
Alz ein bißchen Abwechslung ins Ableben
zaubernder Nachwuchsdreikeulenjongleur

Ihr alle mit keinem Bock auf die Kälte
auf dem Bau
und das Dunkel im Berg
und die Fährnisse der Meere
und die Schlichtheit der Landwirtschaft
Und drum lieber Kunstdienst Schiebende
in umbautem, bewärmtem Raum
Unterm gnädigen Schirm der Töchter
des Zeus und der Mnemosyne:

Seid nicht wie ich in meiner Jugend war
sorglos dumm

Und verfüttert eure Einkünfte nicht zur
Gänze an das Raubtier Konsum

Behandelt eure Gagen und Honorare
Nicht wie Wegwerfware

Zweiget ab von der Kohle den
Vorsorgezehnten
Und zwar nicht erst morgen
Sondern etzert
Schnur und stracks

Weil sonst ergeht es euch wie mir mit
meiner Rentenerwartungsspottgeburt von
Dreihunderrvierundneunzig Mark und
– Hans Sachs

Der Gebildete und das Biest

Er ist Prof für Geschichte
Sie studiert BWL
Er ist mehr alter Meister
Sie ist mehr junges Modell

Er lehrt tiefe Erkenntnis
Sie lernt bloß effizient
So sind sie außer beim Schäfer
stündchen inkongruent

Wie gerne stieße er kritisch
Ihr außert vom Bette Bescheid
Doch hindert an seiner Pflicht ihn
Seine hündische Hörigkeit

Und so wird zwischen Forschung und Lehre
Und dem Johannistrieb
Ein deutscher Prof zerrieben
Und zum Schluß hat ihn keins mehr lieb

Die Jungsche nicht und auch nicht
Die Alte die Wissenschaft
Und der Prof ist wie Buridans Esel
Sowohl als auch bestraft

Leihmütterlein

Ein entweder am dritten Advent oder am Gründonnerstag geschlüpftes Kind, das, rein von seinen paar Lebenstagen her gesehen, unmündig, aber zu stummer Klage sehr wohl mächtig ist, fleht zu seiner leiblichen Mutter, es am Heiligabend oder ostersonntags nicht fortzugeben um eine fünfstellige Austragsentschädigungssumme an ein unfruchtbares Oberschichtsehepaar, das sich just zu Weihnachten oder zum Fest der Auferstehung ein Stammhalterle wünscht in die Krippe in dem mit goldner Rauhfaser tapezierten und mit Originalen von Janosch und Magritte geschmückten tennisplatzgroßen Babysalon:

Leihmütterlein, Leihmütterlein
Hör doch mein Wort
Leihmütterlein, Leihmütterlein
Gib mich nicht fort
  Ich lag so warm bei Dir
  Unter Deinem Herz
  Bleib bei mir, bleib bei mir
  Tu mir nicht den Schmerz

Leihmütterlein, Leihmütterlein
Weißt du denn nicht
Daß ich Dich ganz toll liebhaben tu
Aus meiner Sicht
  Hast nicht gsoffen, hast nicht graucht
  Ein Dreivierteljahr
  Warst die Beste im Presswehträning
  Und jetzt gibst mich weg wegen bar

Leihmütterlein, Leihmütterlein
Gib mich nicht her
Leihmütterlein, Leihmütterlein
Machs mir nicht schwer
  Kann nicht schlafen, find kei Ruh
  Mein Herz ist schwer wie Stein
  Meine Mutti bist du nur du
  Leih müt ter lein

Leihmütterlein, Leihmütterlein
Schluß mit dem Frust
Still doch bitte meinen Liebeshunger und
Gibt mir die Brust
  Bin doch kein Rindfilet
  Von sechs sieben Pfund
  Bin ein Kind, das zur Mutter fleht
  Windelnaß und wund

Leihmütterlein, Leihmütterlein
Laß mich nicht los
Leihmütterlein, Leihmütterlein
Von deinem Schoß
  Will nicht zu die fremden Leut
  Bin *dein* Fleisch & Blut
  Daß es dich nicht bitter reut
  Bleib mir doch gut

Leihmütterlein, Leihmütterlein
Halt mich doch fest
Stoß mich doch nicht wie die Rabenmutter
Raus dem Nest
  Wenn ich einmal groß bin nehm ich
  Einen Kleinkredit-t-t
  Auf und zahl dich für die Schwangerschaft aus
  Dann sind wir quitt-t-t

Leihmütterlein, Leihmütterlein
Hör doch mein Flehn
Leihmütterlein, Leihmütterlein
Ach, das wird schööön

Votum contra Canem

Nur der ichschwache, in den unbeatmeten
BefehlGehorsamFilz verwobne
Zwangscharakter
hält sich zu
den Hund

Für einen blödsinnsresistenten Menschen
giebt es hiefür nicht geringsten Grund

Der freie, aus der Ewigkeit in die
Nanosekunde seiner einmaligkostbaren
Existenz
glücklich gefallne Mensch verachtet
diesen trinitinen Stuß

a) Ja wo isser denn
b) Da geh her
c) Bei Fußßß

Für den niemand untertanen Autonomen,
der sich selbst bestimmt

Kommt nicht in Frage, daß sich da
andauernd was mit eingezognem Schwanze
vor ihm krümmt

Der freie Mann blickt furchtlos gerne in die Augen
einer seelisch tiefgefrornen Frau

Jedoch er haßt des Hundes hündisches
Geschau

Filetrind, Schnitzelkalb und Babysteinbutt,
Lederkroko, Schenkelfrosch und
Honigbiene

So manches Tier schlägt aus dem
Menschen zum Gewinne

Und reichlich dies und nicht zu knapp
Der Hund jedoch, er liefert nur Geräusche,
Flöhe, Bisse, das Verdaute und – das
unterm Himmel Schäbigste: Gehorsam ab

Es giebt sehr viel zu sehen auf dem
Erdenrunde, das das Bild vom Ebenbilde
Gottes nicht grad ziert

Doch keines gleicht dem schwachen Bilde
jenes Menschen, der einen Köter an der
Endlosleine über eine zugeschissne Wiese führt

Statt mit Wasserfarben zu malen,
die Gefängnispatenschaft für eine
Gattenmörderin zu übernehmen oder an
der Fernuniversität Hagen/Westfalen die
Weltkrieg-I-Schuld-Frage zu studiern

Einen Köter zwomal täglich »gassiführn«

Ist gewißlich nun doch über alle Maßen
Nicht zu fassen

Aber erst die auf allen Fernsehkanälen
Wi der lich sabbelnden Züchterkreaturen,
die einen mit ihrem dosengepäppelten
Wauwaulaich aufs sentimentalischste
Quälen, runden die Schande

In diesem Affenliebelande

Was sei der Hund, freilaufend oder angeleint
Im Sturme gar – des Menschen bester Freund?
Es singt und klingt nichts dämlicheres weit und breit
Als solche sprichwörtliche Dämlichkeit

Neinnein, es gilt der Satz, der mich noch nie gereut
Der beste Freund des Menschen ist die Einsamkeit

Soo nicht, Katze!

Im Garten scharrt die Amsel
Im schlichten Arbeitskleid
Vielleicht duad ihrem Fleiß ja
A fetta Wurm bescheid

Die Amsel scharrt und schnabelt
Und spannt nicht wer da naht
Es ist die Katzendreggsau
Die wo sich naht ganz stad

Glei hat das bläde Luada
Die wo bloß frißt und scheißt
Die Sängerin am Wickl
I siehg scho wiases beißt

sWird gern drauf abgehoben
Daß dieses halt so ist
Daß in der Fastfoodkette
Der oa den andern frißt

Doch ich kann dies nicht dulden
I hoi mei Luftdruckgwahr
Und brenn der Katz oans über
Sodaß sich sträubt ihr Haar

Denn wer da an Gesang hot
Und net bloß scheißt und frißt
Dem bin i Freind und Helfer
I – der Amselleibgardist

Wanted for War-Crime: Das NATOkinderfriedensgedicht

Wirft eine Ehefrau in die vom Ehemann belegte Badewanne
einen an die Dose angeschlossnen Fön
So nennt die Welt ein solches Thun mit gutem Grund obszön

Zerschlägt der Urologe seinem Patienten dessen Nierenstein
Mit einem Vorschlaghammer nennt die Welt ein solches Thun
zurecht gemein

Rasiert ein Rohling eine Nachtigall um ihr dann anzukleben
eines Tölpels Federn noch dazu mit Teer
So nennt die Welt ein solches Thun von alters her vulgär

Verweist der Wirt den Gast vor Mitternacht schon des Lokals
So definiert die Welt ein solches Thun als ein zum Himmel
schreiendes beziehungsweis brutals

Die Welt aber verstummt ja erstickt an heruntergeschluckt-
unverdaubaren Brocken Wut und Trauer angesichts
Des (Geißeln wie Kehlkopfkarzinom und Ebolavirus an Ekel-
hervorrufung ausstechenden) NATOkinderfriedensgedichts

In der Tat — auf etwas inhärent Schweinischeres zwischen
Himmel und Hölle stößt man nicht
Als wie auf das keck seine Milchzahnlücken bleckende NATO-
kinderfriedensgedicht

Statt in der Puppenstube Ken mit Barbie zu beweiben
Verlangt das NATOkinderfriedensgedicht von den Serben
fertrag unterschreiben

Statt daß kinderzimmerdeckenwärts Nutellafürze fliegen
Sollen Marschflugkörper namens Tauben pfeilgrad Belgrad
schwirren um die griese wegzugriegen

Megadreist des NATOkinderfriedensgedichtes Zettelwunsch
das
(als NATOsöldner in der Gegend um Belgrad seine reichlich
belegten Brötchen verdienende) Brüderlein

Möge möglichst von serbischen Kratzern unbehelligt heim-
kehren zum familiären Ringelreihn

Dem Faß die Krone aus dem Antlitz aber schlägt des NATO-
kinderfriedensgedichtes an Verschlagenheit nicht topbare
Strategie
Das die NATOkriegsziele übertünchende Friedensgewinsel
zu pinseln
in vurchtbar kindlich unschulldickär färdrauenerweckender
Ordhockraffie

Nein, etwas Perfideres seit dem Sieg des Bösen
Über das Gute (in der Schlacht von Hamamelis 43 Millennien
vor Christus) war bis dato nicht zu lesen

Nein, in keiner menschlichen Hervorbringung ist der radikale
Verzicht
Auf ein bißchen Anstand soo evident wie beim
NATOkinderfriedensgedicht

Doch muß uns angesichts dessen lediglich zumute sein
Zu Emesis oder Vomitus vulgo spein?

Nein, wir rufen die vom Schlachthof NATO bedrohten
und verfolgten Völker auf: Reicht euch die Hände
zum feierlichen Versprechen
Das NATOkinderfriedensgedicht zu ahnden als Kriegsver-
brechen

Schlagt es in Eisen und rollt es vor Gericht
Das verbrecherische NATOkinderfriedensgedicht

Wie einmal ein Massaker im Keim erstickte Und aufgrunddessen das Licht der Welt nicht erblickte

Das zu Herzen gehendste Märchen
Aus 1000 + Einer Serbischen Nacht
Hat uns Scheherazade Elisabeth Schönert
In der »Bildzeitung« dargebracht

Es ist die Story des Sanften Serben
Welcher stand in des Schlächters Sold
Und der, als man ihm befahl: Los, massakre!
Sich weiterte (icecold)

Soo viele Serben spielten Fußball
Mit Köpfen von Kosovarn
Er nicht. Ihn dünkte solch Kicken
Ein sportlich suspektes Verfahrn

Soo viele Serben massakerten muckslos
Wenn es ihnen der Schlächter befahl
Doch er sprach laut und druckreif:
Ich massakre auf gar keinen Fall!

Eines Tags nun befahl ihm der Oberst
Kurz und knapp ohne Papperlapapp
Stücker fünfundzwanzig Kosovaren
Mirnixdirnix zu knallen ab:

Die da, das Xindl da drüben
Das muß zewawischweg
Wie eine vollgeschissene Windel
Wie ein gebrauchtes Spritzbesteck

Hopphopp die Patronen gesattelt
Und rüber damit im Galopp
Und zielt mir nicht neben die Ohren
Sondern mitten inn Kopp

Doch da sprach der Sanfte Serbe
Ja, Herr Oberst, sehn Sie denn nicht
Ich blas doch nicht Frauen und Kindern
Aus das Lebenslicht

Und dieses Flehen und Winseln
Ja, Herr Oberst, hörn Sie das nicht
Nein, sins mir nicht bös, Herr Oberst
Mir ist nach Massakerverzicht

Da schrie der mordgeile Oberst
Den Sanften Serben an:
Du verfluchte Albanahure
Du bist kein serbischer Mann!

Und er drückte den Lauf der Pistole
Auf des Sanften Serben Stirn
Um ihn zwengs Massakerboykottes
Stante pede zu exekutiern

Doch nicht faul griff der Sanfte Serbe
Zu seiner Marken-MP
Und zog sie dem Oberst übern Scheitel
Daß der fiel wie eine Jalousie

Und rundrum um den Sanften Serben
Der seinen Oberst umgelegt
Hat sich kein anderer Vorgesetzter
Über den Niederschlag aufgeregt

Und mit 1 a Gewissen
Und as usual schlagendem Herz
Entwich der Sanfte Serbe
Dem Massakerzwang London wärts

Ach, Scheherazade Elisabeth Schönert
Was haben wir durchgemacht
Bei dem zu Herzen gehendsten Märchen
Aus 1000 + Einer Serbischen Nacht

Doch sag an: Wie erging es dem Oberst
Ist er wieder an Bewußtseins Bord
Und was wurde aus dem durch seine Ohnmacht
Unterbrochenen Massenmord

Und was treibt der Sanfte Serbe
Ist er wie der Mops im Paletot froh
Und dreht er Balkanspieße im »Kingsley's«
Oder den Leierkasten in Soho

Ach, Lisbeth, komm, erzähl doch
Und möglichst lang und breit
Noch ein Kapitel aus der guten
Alten Massakerzeit

Lied der deutschen Rüstungsarbeiter

(zur Melodie der »Moorsoldaten« zu singen)

Tag für Tag stehn wir an der Drehbank
Drehn Granaten früh bis spät
Wir sind vom Granatendrehen
Bald schon selber durchgedreht
O Haupt voll Blut und Wunden
Fünfunddreißig Stunden
Sind genug

Unsre Frauen unsre Kinder
Haben von dem Vati nix
Dauernd müssen wir Granaten
Im Akkord drehn kruzifix
O Haupt voll Blut und Wunden
Fünfunddreißig Stunden
Sind genug

Wir thun unsre Arbeit gerne
Aber Mensch will Mensch auch sein
Kreuzworträtseln, Fernsehn, Phögeln
Und ein Glas beim Dämmerschein
O Haupt voll Blut und Wunden
Fünfunddreißig Stunden
Sind genug

Die Granaten wo wir drehen
Sind in aller Welt begehrt
Wenn sie mit Rawumsti platzen
Ist so mancher sehr versehrt
O Haupt voll Blut und Wunden
Fünfunddreißig Stunden
Sind genug

Kommt mal eine Extraorder
Für Granaten zu uns rein
Heißt es in drei Schichten schuften
Doch das intressiert kein Schwein
O Haupt voll Blut und Wunden
Fünfunddreißig Stunden
Sind genug

Wir sind folgsam wir sind fleißig
Und wir liefern Wertarbeit
Doch wir möchten auch ein bisserl
Von der Arbeit freie Zeit
O Haupt voll Blut und Wunden
Fünfunddreißig Stunden
Sind genug

Dafür haben unsre Väter
Nicht gelitten noch gekämpft
Daß man unsre Forderungen
Wie die Pellkartoffeln dämpft
O Haupt voll Blut und Wunden
Fünfunddreißig Stunden
Sind genug

Vom Verditschen der Granaten
Lebt der Boss in Saus und Braus
Doch uns hauts von der Maloche
Unsre Innereien raus
O Haupt voll Blut und Wunden
Fünfunddreißig Stunden
Sind genug

Auf Kameraden an der Drehbank
Seid nicht länger pflaumenweich
Fordert Arbeitszeitverkürzung
Mit dem vollen Lohnausgleich
O Haupt voll Blut und Wunden
Fünfunddreißig Stunden
Sind genug

Deutscher Munizjonsarbeiter
Geh den Schritt vom Ich zum Wir
Nur gemeinsam kanns gelingen
Frollein bittschön noch ein Bier
O Haupt voll Blut und Wunden
Fünfunddreißig Stunden
Sind genug

Im Biergarten

Unterm Baldachin der Kastanien
Der Maßkrug klingt nah und fern
Diskurieren gmüatliche Münchner
Wia dDopedealer hi gmacht ghörn

Oana moant i daads daschiaßn
Der andre is mehr für den Strick
Koa oanziger is fürs Vergasen
Mei ham de Dopedealer Glück

Lob des Kerpeners

Alle Jahre wieder müssen so viel tausend
deutsche Raser sterben

Weil sie ihren VW Veilchen oder ihren
Opel Popel oder ihren Daimler Ködl nicht beherrschen

Und sie sterben aufgeprallt mit
hundertsiebzig KmH im Gurte hängend
teils zerquetscht und teils vom Feuer unter
ihren werten Ärschen

Und die Raserwitwen und die Raserwaisen
scharrn sie auf dem Menschenschrottplatz
ein wo sie dann restverderben

Du jedoch o Schumi auf in Kurven
glühndem Gummi bleibst wohlauf im Rennen

Wrrrm Wrrrm brausest du
asbestbeschirmt vorüber an den
Werbebanden hinter strohnen Ballen

Millionen deutschen Rasern an der
Glotze zum Entzücken respektive zu Gefallen

Und du Sieger du du sprizzzzzzzzt aus
Magnumpullen Schaumwein auf die unter
dir placierten und die Pistengroupies und du lächelst Hohn
dem Sichbeimüberholenüberschlagen und dem Inderkanzeldesbolidenwieeinstreichholzkopfkurzmaverbrennen.

Randvollen Tanks und Schadlastmindrung
wegen bis auf Null entleerter Blase

Fährst du schlichten Sprit in Seinssinn
wandelnd wenn auch nicht grad leise

Boxenstops und Kollisionen meidend
einfürallemal im Kreise

Für Deutschlands Wrrmmm Wrmmm
Ruhm und deine goldne Nase

Gebenedeit sei 50171 Kerpen die von A 4
und A 61 durchkreuzte sympathische kleine rheinische Stadt

Die einen so meisterlich deutschen Raser
hervorgebracht hat

Memento con lüttn Lamento

Einst waren wir leicht wie Feder
Ach was Feder wir waren Flaum
Ein jeder von uns ja ein jeder
Lief Elfsieben die Hundert Meter
Und wir schnauften dabei kaum

Wir waren Luftikusse
Schmucke mit Null Gramm Schmer
Wir lebten auf leichtem Fuße
Als Vertreter der Firma Muße
Am Strand vom Sorglosmeer

Wir erlegten flotte Käfer
Allnachts im Tanzpalast
Und jeder Kuß war ein Treffer
Yeah wir sprangen als muntere Kläffer
Von einem zum andern Kontrast

Doch eines Tags im Aprile
Bezugsweise über Nacht
Verpaßte uns wer eine Pille
Und weg war das Juvenile
Und es hatte sich mit der Pracht

Einst aufrecht sind wir nun darnieder
Ab ist der rotzfreche Lack
Arthritisch sind die Glieder
Und wir riechen nicht mehr wie Flieder
Sondern riechen nach Sack

Doch immer wieder wird sich erhoben
Wehrend der Himmelfahrt
Und getrotzt dem Geschicke dem groben
In das wir laufmaschenhaft gewoben
Und Atem getankt à la carte

Recht so!

Allen ihre Söhne kompakt für ein legales Leben allein erziehenden und dabei von sozialdemokratischen Sozialarbeitern und -innen unterstützten Müttern gewidmet

In der siebzehnten Etage
Des Vorstadtplattenbaus
Wo die Fahrstühle defekt sind
Und es riecht im Treppenhaus

Stehn mittags am offnen Fenster
Die Mutter und ihr kleiner Sohn
Der Sohn kaut ein Sozialbrot
Denn die Mutter ist ohne Lohn

Sie schauen hinunter hinüber
Zum Gefängnis im Volksmund Knast
Der wie die Faust aufs Auge
In die garstige Gegend paßt

Im Hofe vom Gefängnis
Da gehen Männer im Kreis
Da fragt der Sohn die Mutter
Ganz kleiner Frageweis

Warum Mutti gehn diese Männer
Im Hof dort drunten im Kreis
Da sagt die Mutter mein Junge
Diese Männer bauten Scheihs

Sie begehrten Neikischuhe
Und Pullover von Benetton
Und Armaniseidenbinder
Und Cedees von Maikl Dschäkson

Und Stonewashedjeans von Levis
Und Swätshörts von A, B und C
Und Heitekfeuerstühle
Von Hokkaido und BMW

Und Zeitmeßgeräte von Rolex
Und Rosebuds von Rolls Royce
Ja gar den Schlüpfer Madonnas
Und den Filzhut von Joseph Beuys

Und Bundesligaleiberl
Mit der Goalgetternummer drauf
Doch besaßen sie kein Geld nicht
Und sagten sich Klau statt Kauf

Und sie stahlen die schönen Dinge
Und wurden dabei erwischt
Und nun wird ihnen das Hamham
Im Blechnapf aufgetischt

Und wenn sie gegessen haben
Dann müssen sie raus auf den Hof
Und müssen im Kreise gehen
Das find ich aber doof

Sagt die Mutter unterbrechend
Der Bub ganz altersweis
Wenn ich mal größer bin danndann
Dann bau ich keinen Scheihs

Ich spar auf die schönen Dinge
Ich zahle deren Preis
Ich gehe die ehrliche Gerade
Und nicht kriminell im Kreis

Da wird einem ja ganz mulmich
So dauernd herum im Kreis
Neinnein ich gehe gradaus
Ich weiß sagt die Mutter ich weiß

Du kommst nicht nach deinem Vati
Diesem Synonym für ethischen Schwund
Dessen Trachten nur darauf gesinnt war
Mich auf den Mund zu haun ohne Grund

Du kommst nicht nach deinem Vati
Der das ganze Haushaltsgeld
Mit nicht erkaltender Fahne
Trug in die Gastwirtschaftswelt

Du kommst nicht nach deinem Vati
Der mich schließlich im Wochenbett
Verließ zugunsten einer prallen
Blondine aus dem Internet

Und sie nimmt ihren Sohn in die Arme
Und schließt das Fenster ganz leis
Und lächelt verzaubert wissend
Ihr Sohn geht nie im Kreis

Weihnachtsansprache entre nous

Ihr für ein Meer an Frieden und sozialer
Gerechtigkeit brav eintretenden Singleinnen
und Singles in den deutschen Städten
durch die bekanntlich hindurchgeht der Wind
Seid gegrüßt

Von einem dessen Einsamkeit am Heiligen
Abend gradso wie die eure ohne Maßen ist

Keiner theilt mit uns Ente oder Gans
Kein Karpfen sieht mit erloschnem Gesicht
uns am festlich gedecketen Tische zu zweit
Uns sitzet gegenüber
wenn denn sie sitzet
Die Einsamkeit

Keine vor Glück glühenden Kinderaugen
Keine uns in die Hand den Dank für
den Baukasten oder das gute Buch
sanft drückende Hand
Nur galaktischkalte Einsamkeit
Von unsres Herzens Mitte bis an
unsres Herzens Rand

Viele von uns hatten mal jemand
Den einen oder andren Mann oder die
eine oder andre Frau
Dann geschah an einem Tage im September
Der BeziehungsGAU

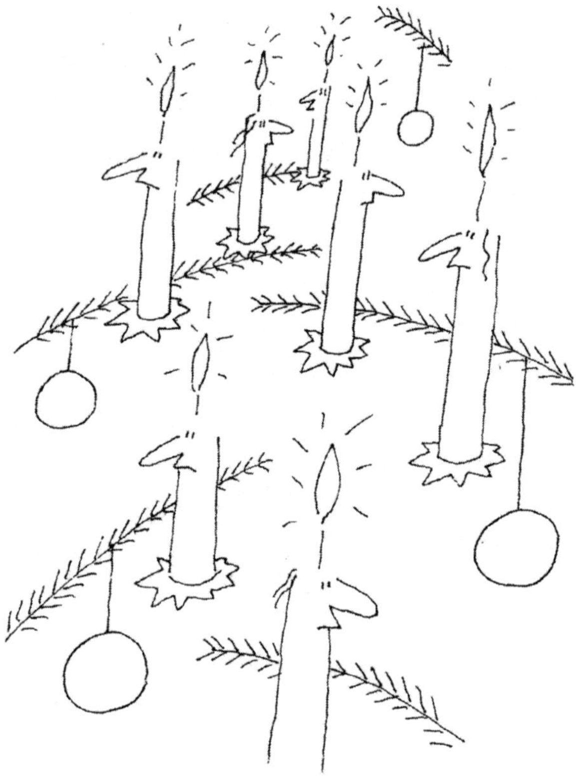

Seither sind wir einsam
Beziehungsweise allein
O Choc wir können nie mehr
Mit jemand unter einem Dache sein

Es geht dies das Jahr über leidlich
Doch am vierundzwanzigsten Zwölften
staucht es uns das Gestell
An diesem Tage sind wir fix und foxi
Körperlich seelisch und sexuell

Von wegen Verreisen nach L.A. oder Leningrad
Erstens sind wir nicht soo betucht
Und zweitens waren diese Fluchtpunkte
wie immer schon ausgebucht

So also lesen wir am Heiligen Abend in
unserer Wohnkloküche Walt Whitman
oder aus Walter Ulbrichts schmalem aber
an Deutlichkeit nichts zu wünschen übrig
lassendem Werk oder Hölderlin
Dann waschen wir ein paar Paar Socken und
Schlüpfer von Hand raus
Und dann drehn wir eine Verzweiflungsrunde
durch die
dem Wiedergeborenen sei Dank
geöffneten Gastronomien

Auf dem Heimweg in besternter Christnacht
halten wir
von trunkenheitsbedingten Stürzen in den
dreckigen Schneematsch besudelt
Wie das im Märchen Streichhölzer verkaufende
Mädchen vor einem matt erleuchteten
Hochparterrefenster ein

O du uns geflohenes Glück
Vati hat Mutti über den Gabentisch gelegt
Und Mutti dankt Vati für den diesjährigen
in Weißgold gefaßten Einkaräter
mit kleinen spitzen Schrei'n

Bonbongesponsorte
Fragezeichen zur Zeit

Zum Demoskopen in res Millennium
Bestellt von Ricola Kräuterbonbon
Frage ich dich Tochter Zions
Und dich lieber Schwiegersohn

Begreift ihr die Zeitenwende
Als Falz oder Knick oder Bruch
Als Freifahrtschein ins Grüne
Oder als rotes Tuch

Kommen nun endlich die Tage
Da die Liebe schießt ins Kraut
Oder hat der Haß auch fürder
Nicht auf Sand gebaut

Reicht uns die Zeitenwende
Den gedeckten Euroscheck
Oder macht sie uns mit Kurseinbrüchen
Und Karzinomen einen ganz schönen Schreck

Ist sie der Auftakt zur Entblößung
Der Titten der Lottofee
Und zu noch keckerem Springen
In noch karierterm Karree

Ist sie den Seufzenden die Brücke
Über das reißende Jammertal
Oder beläßt sie sie uferdiesseits
In der Quellekatalogauswahlqual

Hat sie im Rucksack ein laues Lüftchen
Und mehr Bussis als wie Pengpeng
Und immerwährenden Treibstoff
Aus nachwachsendem Ginseng

Ist sie der Aufbruch in ein Dasein
Wo der Mensch zum Beispiel Rolf
Dem Menschen zum Beispiel Helga
Ein Wohlthäter ist statt ein Wolf

Oder bringt sie was uns bis da steht
Stau Sportschau Johannes Rau
Und noch resistentere Viren
Als wie Scharping und HIV

Schmeckt die Zeitenwende also scheiße
Oder wie Ricola Kräuterbonbon
Dies frage ich dich Tochter Zions
Und dich lieber Schwiegersohn

Zu den Autoren

Horst Tomayer (1.11.1938–13.12.2013) war bayerischer Wahl-Hamburger, Endreimpoet, Pilzsammler und Turboradler. In den 50er Jahren verdingte er sich als »jüngster Versicherungsangestellter« in München. Zu dieser Zeit bekleidete er außerdem den Posten des Zweiten Vorsitzenden der Pazifistischen Landjugend Oberbayerns (PAZLJO). Auch im Anschluss war der Dichter sehr umtriebig: als IM »Niete« beim MfS der DDR, als Praktikant bei Wolfgang Neuss, als Gastwirt in Westberlin und später als Satirefilmstar des Regisseurs Fritz Tietz. Der passionierte Dampfradiobeiträger, TV-Seriendarsteller und **konkret**-Kolumnist gab sich gegenüber Ernst Jünger als Luis Trenker aus und frönte zeitlebens seinen Hobbys Dynamische Skepsis, Tennis, Sehnsucht und, bis fast ganz zum Schluss: Radlfahrn.

Ernst Kahl, geboren 1949 in Schleswig-Holstein, lebt und malt in einem ausgedienten Bahnhofsgebäude im Norden Deutschlands. Seine Bilder sind u. a. erschienen in **konkret**, »Pardon«, »Titanic«, »Stern« und »Der Feinschmecker«. Seit 1984 zahlreiche Buchveröffentlichungen, Ausstellungen und Kurzfilmprojekte.